百歳

柴田トヨ

「あふれるような気持を詩にして、
人生の終わりに花を咲かせることが
できました」

おめでとう、百歳の詩集！

詩人　新川和江

　この春、都内の某ホテルで、トヨさんの第一詩集「くじけないで」の百万部突破記念の祝賀会が催されました。企画の段階から売れ行きはさらに伸びて、当日は百五十万部との発表が主催者側からなされ、会場が沸きました。

　席上、私はこんなスピーチをいたしました。

「四十歳からの顔は、自分が責任を持てと、昔からよく言われております。トヨさんは九十年をかけて、新聞広告などでしばしば大きく扱われているあのお顔を、おつくりになりました。武家育ちのような品格と、いい風に吹かれて咲いた花のような、あの微笑――。人々に生きる力を与えてくださる詩も、慕われ尊敬される要素を十分に具《そな》えてはおられますけれど、あのお顔こそ、トヨさんの最大の傑作であると、感服しつつ、私は拝見しております」

ところで、本編に収められた詩も、アマチュアとは思えぬ旨《うま》みを発揮して、産経新聞「朝の詩《うた》」の選者である私に、しばしば目を見張らせました。

たとえば、「思い出～別れ」（22ページ）という詩。住み込みで働いている同輩のふーちゃんが、給金を貰《もら》ったある春の日の夕暮れ、橋のたもとで、故郷へ帰らなければならなくなったことを、小さな声でうちあけます。おっかさんの具合がわるいんだわ、とトヨさんは、口には出さずに心の中で呟《つぶや》く。親の介護をしなければならなくなった友への同情と、明日にもやってくる別れの辛《つら》さ寂しさを思えば、ここでどっと涙がこみあげるところですが、トヨさんは、作中の自分にそうはさせない。一拍おいて、いきなり風に舞い飛ぶ柳絮《りゅうじょ》に読者の目を転じさせます。涙があふれて止まらぬさまを、柳の花に表現させているのです。田中絹代らが活躍した、昭和初期の映画の一場面を想起させるような、せつない情景ではありませんか。

トヨさんの詩の魅力は、風にも光にも、若い枝のように心をしなわせ、そよがせているところです。涙の味を知っている人の人生観から生まれた機《ウィ》知《ット》が、ことに結びの部分にさりげなく仕組まれていて、私どもの心を、やわらかく揉《も》みほぐしてくださるところです。

トヨさん、どうかこれからもお元気で。

でも、けっして無理をなさらずに、ぽつぽつ書いていらしてください。

平成二十三年　朱夏

目次

やさしさ……12　平成22年4月
流行……14　平成22年4月
お友だち……16　平成22年4月
地団駄《じだんだ》……18　平成22年4月
空に……20　平成22年4月
思い出～別れ……22　平成22年4月
頁《ページ》……24　平成22年5月
倅《せがれ》に　Ⅲ……26　平成22年6月
朝顔……28　平成22年7月
競馬……30　平成22年9月

やさしさ

歳をとると
やさしさが
ほしくなるの
それが栄養になって
元気になる

でもね

偽《いつわ》りのやさしさを
食べた時は
吐《は》いてしまった

真実のやさしさ
手料理を
いただかせてください

流行

世界の何処《どこ》かで
今も　戦争が起こっている
日本の何処かで
いじめも起きている

やさしさの
インフルエンザが
流行しないかしら
思いやりの症状が
まんえんすればいい

お友だち

奉公先で
いじめられ
手水場《ちょうずば》で泣いて
勝手口に立つと
何処かで

こおろぎが鳴いていた
がんばれ　がんばれ
コロコロ　鳴いていた

あれから　八十年
こおろぎさんとは
お友だち

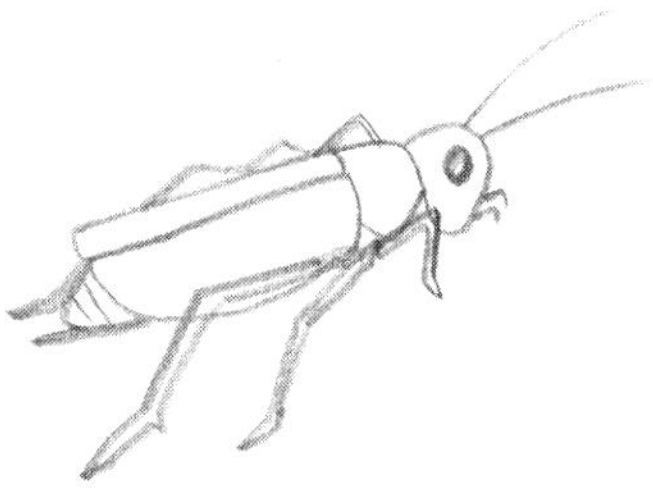

地団駄《じだんだ》

昔
玩具店《おもちゃや》の前で
道に寝転んで
刀を買ってくれ
と　地団駄ふんで
私を困らせた　倅《せがれ》

今　白髪になって

いろいろ私を
諭《さと》すようになった

若くなる
薬を買ってちょうだい
今度は私が
地団駄ふんで
みようかしら
畳の上に寝転んで

空に

病院の
ベッドから
眺《なが》める空は
いつも　やさしい

雲は　ダンスをして
笑わせる
夕焼けは

心を洗ってくれた
でも　明日は退院
この一と月
ありがとう
家に帰ったら
手を振るわね
気がついてね　きっとよ

思い出～別れ

給金を貰《もら》った春の夕べ
橋のたもとで
ふーちゃんが
トヨちゃん　私
明日故郷へ帰るの
小さな声で告げた

おっかさんの具合が
わるいんだわ　って
その時思った

柳《やなぎ》の木にわたしのような
花が咲いて
涙があふれて
止まらなかった

頁《ページ》

私の人生の頁を
めくってみると
みんな色あせて
いるけれど
それぞれの頁
懸命に生きてきたのよ

破きたくなった
頁もあったわ
でも今ふりかえると
みんな　なつかしい
あと一頁と少しで百頁
鮮《あざ》やかな色が
待ってるかしら

倅に Ⅲ

時々　腹をたて
私を怒鳴《どな》ったり
するけれど
涙をこぼしている
あなたを見ると
若い頃　一生懸命

あなたを叱《しか》った
私を思い出して
笑ってしまうの

健一　気楽に
いきましょう
血圧があがったら
どうするの

朝顔

家の垣根に朝顔が
ひとつ　ひっそり
咲きました
次の日　ふたつ
咲きました

三つ咲いたら出稼ぎの
夫の便り届くでしょう
そんな昔を思い出す
朝顔　私の
好きな花

競馬

先に走ってる馬より
みんなの後に居て
ここぞという時
風を切って　必死に
追い込んでくる
馬が好き

がんばれ
がんばるのよ
私はテレビに叫ぶ

始めはビリでも
やれば一番になれる
貴方だって
きっと出来るわ

私を探して

暗い山のなかに
一人　私は居たの
　柴田トヨです　ここに居ます
叫んでも　誰も来てくれない

その時
　おっかさん
声をかけられて

目が覚めた

倅の顔が
目の前にあったわ
いつものように
小言を言い始めたけれど

うれしくて
涙があふれた

思い出　Ⅲ

路地を曲がった
五軒長屋《ごけんながや》の
まんなかの家に
父母と連れあいと
一人息子の健一　それに私
五人で暮していたの

風呂もテレビもなく

棚の上のラジオから
「君の名は」を聞くのが
楽しみだった
卓袱台《ちゃぶだい》を囲んでの夕食
笑いが絶えない家庭

あれから　六十年
今は一人の生活
でも　私には
思い出がある

倅に　Ⅳ

職も　転々とかわり
いい事がなく
宝クジを買っても
当たったことがない
そう　嘆くけれど
しっかり者の
連れあいにめぐまれ

当たったじゃないの
人生に
当たり外《はず》れなんて
ないのよ
気持次第で
青い空が見えてくる
風の声だって聞こえるわ
さあ　笑顔を見せて

耳が遠くなって

耳をすますと
冷蔵庫の唸《うな》る音
風が戸を叩《たた》く音
聞こえるけれど
この頃　人の声が
よく伝わらなく
なってきた

しっかり聞くように
努力している　私

でも嫌な話は
わざと聞こえない
ふりをしている

お澄まし顔で

がまぐち

毎年
お正月が来ると
思い出すの
当時　小学生だった倅が
納豆売りをして
買ってくれた
大きな　がまぐち
　母ちゃんへ　御年玉だよ

って　私に贈ってくれたの

かじかんだ小さな手
吐く息の白さ
弾けるような笑顔

私は　忘れない
がまぐちは
今でも　私の宝物

お金は貯まらなかったけれど
やさしさは
今でも　たくさん入っている

百歳

私　来年になると
百歳になるの
奉公　戦争　結婚　出産　貧しい生活
いじめられたり　悩んだり
辛いこと　悲しいことも
あったけれど
空は　夢を育《はぐく》み
花は　心に潤《うるお》いを

風の囁《ささや》きは　幾《いく》たび
私を　励ましてくれたことだろう
あっ　という間の九十九年
両親も夫も　お友だちも
みんな　逝《い》ってしまった
でも　次の世で会えるわね
私　笑顔で会いたい
そして　いろいろなこと
話してあげたい
百歳のゴールを
胸を張って駆けぬけよう

背負う

教科書を
風呂敷に包んで
学校に通っていた息子
私と母とで内職をして
ランドセルを
買ってあげた

母ちゃんありがとう

家中を
ランドセルを背負って
駆けまわっていた健一

あれから　五十八年
あなたは今
何を背負って
いるのかしら

自分に　II

ヘルパーさんに
買物をして来てもらう
掃除　洗濯
料理も　してもらう

看護師さんには
お風呂に入れてもらう
人の手を借りなければ

生きていけない毎日

でも　私には
自分で　ことばが紡《つむ》げる
誰かの心に
糸を結ぶことが出来る

さぁ　顔をあげて
空を見ましょう

道（あなたに――）

好きな道なら
でこぼこ道だって
歩いて行けるわ
辛くなったら
少し休んで　空を見て
まっすぐ

歩いて行くのよ
付いて来るわよ
あなたの影が
がんばれって
言いながら

教わる

母に縫《ぬ》い物を
教わりました
連れあいには辛抱《しんぼう》を
教わりました
倅は詩を書くことを
教えてくれました

みんな　私には
役立ちました

そして今
人生の終わりに
人間のやさしさを
震災《しんさい》で教わったのです

生きていて　よかった

夕暮れ

ヘルパーさんの
用意してくれた
夕食を終えて
戸を閉める時
隣の家から
家族の笑いあう

声が聞こえる
倅夫婦は
どうしているかしら
彼方の空の夕星が
涙のように光ってる

振り込め詐欺《さぎ》犯さんに

今　あなたの
している事を知ったら
あなたの家族は
どう思うかしら

子供の頃
あなたには

やさしい心があった筈《はず》
風の囁きも
聞こえた筈よ

弱い人たちを
苦しめないで
その知恵を
良い事に使ってください

※埼玉県警察「振り込め詐欺防止
ポスター」に寄せて　2010年10月

私だったら

～振り込め詐欺に遭《あ》わないための詩

テレビ　新聞の報道
人の噂《うわさ》に　耳を傾けて
他人事《ひとごと》ではない
と　自覚しなくてはね

その対策も　考えておくことが必要
私だったら

健一　すぐ振り込んでやりたいけれど
母ちゃん　体がわるくて
明日入院するの
知り合いの御巡《おまわ》りさんに
至急　頼んでみるから待って居て
そう答えて　電話を切る
先《ま》ずは　落ちつくことよ
そして誰かに相談してみましょう
しっかりすることが肝心《かんじん》

※埼玉県警察「振り込め詐欺防止
ポスター」に寄せて　2010年10月

貴方《あなた》に

～振り込め詐欺事件、被害者の方に

家族のために
貯めていたお金を
悪知恵に騙《だま》されてしまった
その　くやしい
辛い思いは
如何《いか》ばかりでしょう

やさしい人ほど
被害に遭います
自分を責めては
いませんか？
気持を強くもって
少しずつ忘れていって
元気を出してください

貴方には
貴方を心配してくれる

家族が居るじゃ
ありませんか
ねえ　きっと
いい風が吹いてきますよ

※埼玉県警察「振り込め詐欺防止
ポスター」に寄せて　２０１０年10月

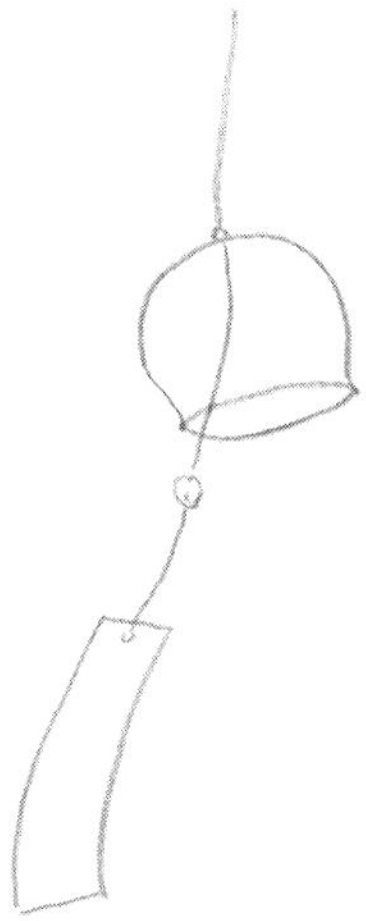

被災者の皆様に

あぁ　なんという
ことでしょう
テレビを見ながら
唯《ただ》　手をあわすばかりです

皆様の心の中は
今も余震がきて
傷痕《きずあと》がさらに

深くなっていると思います
その傷痕に
薬を塗ってあげたい
人間誰しもの気持です
私も出来ることは
ないだろうか？　考えます
もうすぐ百歳になる私
天国に行く日も
近いでしょう

その時は　陽射しとなり
そよ風になって
皆様を応援します

これから　辛い日々が
続くでしょうが
朝はかならず　やってきます
くじけないで！

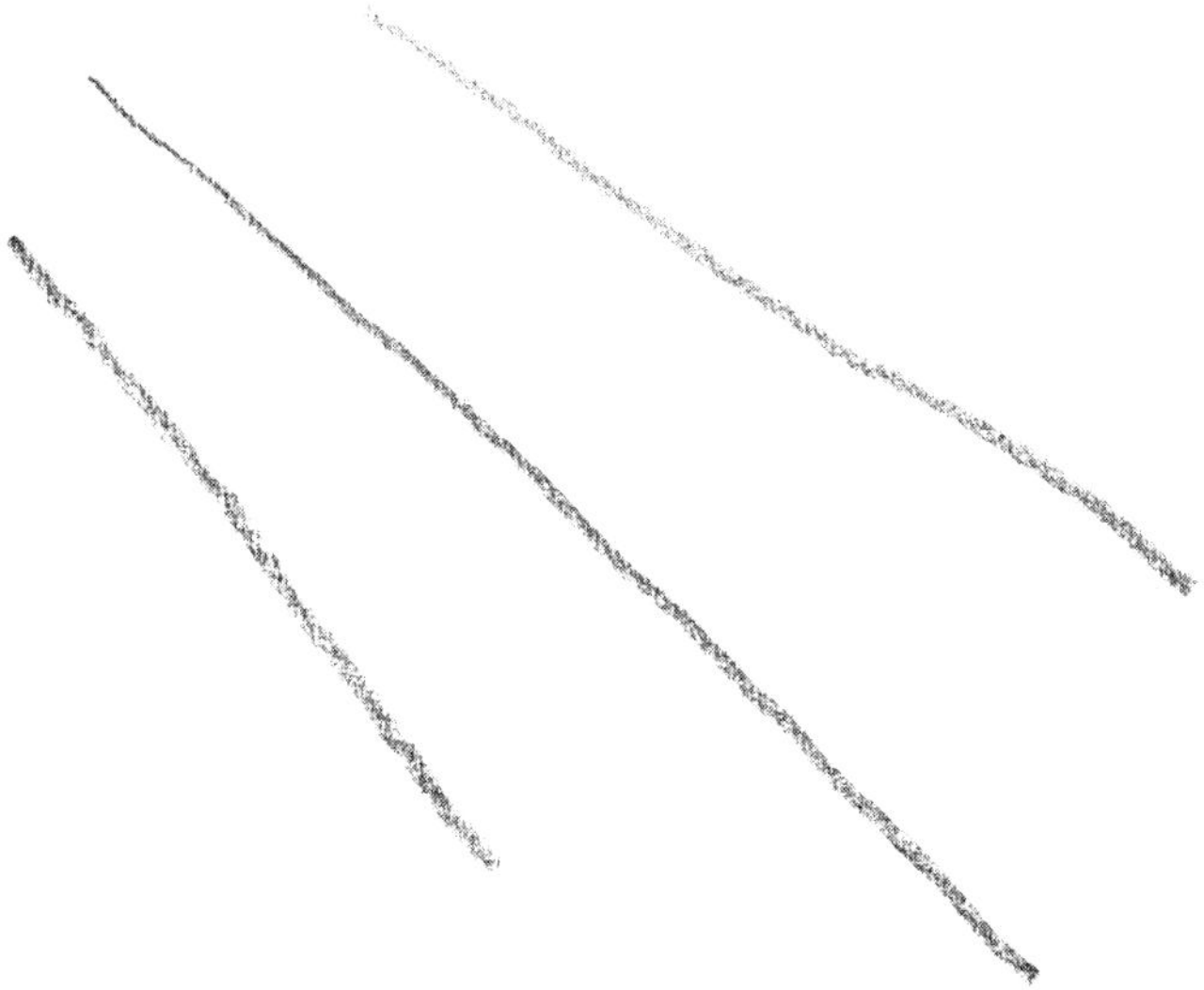

被災地のあなたに

最愛の人を失い
大切なものを流され
あなたの悲しみは
計り知れません

でも　生きていれば

きっと　いい事はあります
お願いです
あなたの心だけは
流されないで
不幸の津波には
負けないで

「ありがとう」と心から伝えたい

百歳の今だからこそ皆様に伝えたい――。
私のこれまでの人生、そして感謝の気持。

子どもの頃の思い出

もう、百歳になったせいでしょうか？　最近、幼い頃のことがよく思い出されます。悲しいことや辛いことではなくて、楽しい思い出が次々に浮かんでくるんです。私、小さいときはおてんばで、いつも七〜八人、近所の小さい子を集めては、紙芝居みたいなことをやっていました。

お話も自分で創作して、みんなに聞かせていました。最後に「ハイ、おしまい」って紙芝居を終えると、見ていた子たちが「ああ、良かったねえ。もう終わりかぁ」「トヨさんの話はおもしろいね」と、とても喜んでくれました。そういうことが、今の自分につながっているのかもしれません。

七歳の頃、祖母と一緒に。
この頃は栃木市の城内町という場所に住んでいました。

近所でだれかがままごと遊びを始めようとすると、朝、必ずみんなで私を迎えにきてくれました。「今日のお父さん、お母さんの役は誰がやるかな」と仕切ってあげて、ときには私が真っ先にお母さん役をして、「お母さんの言うこときかなきゃ、ダメでしょ」なんて大人ぶったりしていました。私は昔から、姉御《あねご》肌だったんですね。

あの子たちは、今ごろみんな、どうしているかしら？

今でも忘れられないのは、七歳の頃に住んだ繁華街の近くの、城内《じょうない》町でよく聞いた三味線の調べです。遠くから、新内《しんない》（江戸浄瑠璃《じょうるり》）の調べが聞こえてくると、じっとしていられなくなってね。私、駆けだして行って、そばでずっと聞いていました。夫婦の新内流しでした。流しですから、料理屋さんの前で店やお客から注文された曲を演奏して、おひねりをもらうんです。

これも七歳の頃。
母と撮った写真で一番好きなもの。
この写真立てを
いつも枕元に置いています。

当時、私はまだ子どもだったから、新内の大人びた物語の意味は、全然わかりませんでした。でも、あの哀愁に満ちた粋な節回しと切ない細三味線の調べが、大好きでした。

町内には、芸者さんがたくさんいて、近所の三味線の師匠のおかみさんが、「トヨちゃん、お上がんなさい。トヨちゃんが大きくなったら、今に、おばちゃんが教えてあげるからね」とよく手招きしてくれました。そのときにお稽古《けいこ》に来ていた芸者さんや半玉さんの姿がきれいであでやかで、ずっと見とれていました。

母と私

人生って、何事もなく行く人もいるけど、あちこちに

まだ元気だった頃の母。父母、夫、息子と五人で暮らし、貧しくても幸せな毎日でした。

寄り道をする人もいる。私の場合は、あとのほうですね。いつも心配事ばかり。浮き沈みが激しいんです。

でも、不思議と私の船は、ひっくり返らないのです。人生の中盤、四十〜五十代の頃、いろいろな苦労が集まってきました。「私はなぜ、生まれてきたんだろう」と思ったことが何度もありました。

私は家計を支えるために一生懸命、働かなくちゃなりませんでした。「私がしっかりしなくちゃ」って、小さい頃からずっと思っていましたから。

母は気立てがよくて、しとやかでいつもおとなしく座っていて、言葉もきれいで、町でも評判の美人でした。私は母が一番好き。和裁のお師匠さんでもあったので、私にとっては、一番大事な人でした。母が悲しんでいる姿を見ていたくなかったから、家が傾いたとき、働きに

二十歳の私。
着物は母の手縫いです。

出よう、母を支えて行こうと立ち上がったんです。

母から習った和裁で、ずいぶんと助けられました。いろいろな人との縁を大事に、正直に、懸命に働いてきたから、今日までやってくることができたんでしょう。

浴衣を洗ったり、料理を運んだり……。

昔は今みたいに洗濯機がなかったから、着るものも何もかも全部、手で洗っていました。

浮き沈みは激しくても、これまでどうにか無事に過ごすことができたのは、何でも一生懸命にやる質《たち》だったからかもしれません。人生、やっぱり誠実に生きるのが一番ですからね。

そうやって、この手で働いて百年。無我夢中で生きてきました。

六十代の頃。
近所の赤ちゃんを抱っこして。

夫との別れ

夫に、「あなたと一緒になりたい」「あなたの親も面倒をみる」と言われたときは、本当に幸せでした。結婚したとき、それまでの苦労が吹き飛んで心からほっとしました。私は、夫に救ってもらったと思っています。

息子がお腹にできたときは、「うれしいな、うれしいな」「この齢になって子どもが授かるとは思わなかった」と、とっても喜んでくれてね。妊娠中の私に「栄養のあるものを食べなさい」と、いろいろと食べ物を買ってきてくれました。夫は私のことを、呼び捨てではなく、「トヨさん」とか、息子と同じように「おっかさん」と呼んでいました。和裁の仕事をしていると、部屋に裁縫《さいほう》道具や布地があふれてしまうのですが、出張先から夫が家に

若い頃の夫は、洒落者でした。洋服に凝ったり、バイクに乗ったりしていました。

戻って来るときは、きちんときれいに片づけて、家でくつろげるように、気遣いをするようにしました。あの頃は、近所付き合いも楽しくて、いつもみんなで助け合いながら和気あいあいと暮らしていました。

だから、夫が倒れたときは、目の前が真っ暗になりました。認知症になって、昔のあの人じゃなくなってしまったんです。夜、どこかに飛び出していって、「悪者がくる」って言いながら、ぐるぐる回っているんです。

ある日、夫が「私にも一人、倅がいましてね」って、私に話しかけてくるんです。私が誰だか、わからなくなってしまったんです。仕方がないので、「私にも一人倅がいるんですよ」ってうまく合わせて答えました。

次の日、夫が「昨日、トヨさんにとても似ている人と会ったよ。本当によく似ているんだ。その人も倅が一人

息子・健一の七五三で。子育てに一生懸命だった三十代後半の私です。

いるんだって」と言うので、私は仕方なく、「へえ、そうなの」と調子を合わせていました。

　入所施設を息子があちこち回って探してきてくれて、息子夫婦がとても頼りになりました。「息子と嫁がいてくれてよかった」と、つくづく思いました。

　夫は「俺はどこも悪くないからどこにも行きたくない」と、施設に行くことを嫌がりました。「とにかく行かせなくちゃ」と思って入所させてから、一週間経ったときに、

「トヨさん、行ってみたけど、お金が取れなかったよ」

と言うんです。きっと、調理師をやっていたときのように、本人はどこかのお店に働きに行っていたと思い込んでいたのでしょう。

「そりゃそうよ。ああいうところは一カ月くらい通わな

夫・曳吉《えいきち》の五十代の頃。
私の日本舞踊の練習のために、
鏡やステレオを買ってくれました。

くちゃあ、お給料が貰えないでしょ」

と答えると、今度はしばらく経って、

「1カ月働いたけど、また給料がもらえなかった」

と言うので、今度は、

「そりゃそうよ、お給料は晦日《みそか》にならなくちゃもらえないでしょ」

と、その繰り返しでしたね。

亡くなる前の日でした。

健一と嫁の静子さんと三人で、私が作ったおはぎを持っていったんです。「うまいな、うまいな」「もっと食べたいな」と、とても喜んでくれました。

「また、今度、おはぎを持ってきてくろ」

と、夫が言うので、

「また持ってくるからね。だから元気になってね」

四十代半ばくらいの私。お針の仕事に一生懸命で、自分でもよく着物を着ました。

と三人で励ましました。

「今日は三人できてくれてありがとう。早く帰ったほうがいいよ」と言いながら、夫は玄関まで私たちを見送ってくれました。それが最後でした。別れでした。

死に目に会えなかったんです。間に合わなかった。

でも、最後に夫に大好物のおはぎを食べさせてあげることができて、よかったと今は思っています。

もう一度会うことができたら、「私は幸せだったわ」と伝えたい。だから、あの世であの人に会えるのが楽しみなんです。

何かをつかみたい

踊りの先生の着物を二十五年縫っていたご縁で、七十

七十代の頃の夫と私。
二人でよく温泉地へ旅行に行きました。

歳を過ぎてから、踊りを習っていました。踊りの仲間が五人いて、私は先生のぶんまでお弁当を作っていきました。先生は豆が好きで、よく豆を煮て持っていってあげました。私に目をかけてくれて、柴田さん、柴田さんって言ってくれて……。先生には、「あんこの中の真ん中」を教えてもらったと思います。ずいぶん厳しかったけど、「あなたには見どころがあるんだから厳しくするんだよ」って言ってくれて、一生懸命やりました。私、七十代なんて、まだまだ若いと思っていましたから。

お稽古から戻ってくると、私が仲間のみんなに「今日習ったことを覚えてる?」って聞くんです。すると、「覚えてない」「トヨさんに教わるんだ」と言うから、みんなでおさらいをしました。それがまた、楽しかった。私一人で、舞台で踊ったこともあります。傘を持って、カ

踊りの発表会で使った扇子。傘も買って、きれいな着物を着て、一番前で踊っていました。

ツラをつけて。

「あの人、手さばきが上手だわね」っていう声が客席から聞こえてきたときは、本当にうれしかった。

何かを始めたら、私はなんとしてでも、それをつかみたい。しっかり覚えて、人に教えられるくらいまでやりたいんです。和裁をしているときも、踊りを習っているときも同じ。自分が先立ちになるんだと思って、必死にやるんです。

何かをつかんだら、一生懸命やる。それが私なんだ、と思ってきました。

次の世

施設で最期を看取《みと》った母や夫のことなど、夜になると

息子と詩を作っているとき。
このときばかりは丁々発止、
いつも真剣な私たちです。

昔のことがよく思い出されます。それに、息子のことを考えると、涙が出てきてどうしようもなくなるときもあります。

亡くなった母が一日おきに部屋に現れて、私のベッドの脇にいてくれるんです。あの世から来た人だから、何もしゃべりません。でも、朝の五時頃までじっと私を見守って、布団の中に入って添い寝をしてくれるときもあります。

母は何も言いませんが、私は母がくると、

「今、少し、見守ってちょうだいね」

「子どもも守ってちょうだいね」

とお願いします。そして、そんなふうに母に頼んでから、また眠りにつきます。そのとき、母のおしろいのいい匂いがふっと私のまわりに漂うんです。こんな年になって

最近、家のひさしをきれいにしてもらいました。気持が明るくなりました。

も、まだまだ母は恋しいんです。

私が次の世に行ったら、きっと花がたくさん咲いていてい る橋の入り口のところで、父、母、夫が私を待ってくれ ていると思います。何を土産に話そうか？　三人に会え たときを想像して、いつもそんなことを考えています。

詩と私

私の詩がたくさんの方に読まれて、たくさんのお葉書 やお手紙をいただいて、本当にうれしいです。私のほう が、皆さんに励まされているんです。息子が若い頃、詩 や短歌を書いているところをずっと見ていて、私も「い いなあ」「私もあんなふうに書けるといいなあ」と思っ ていました。

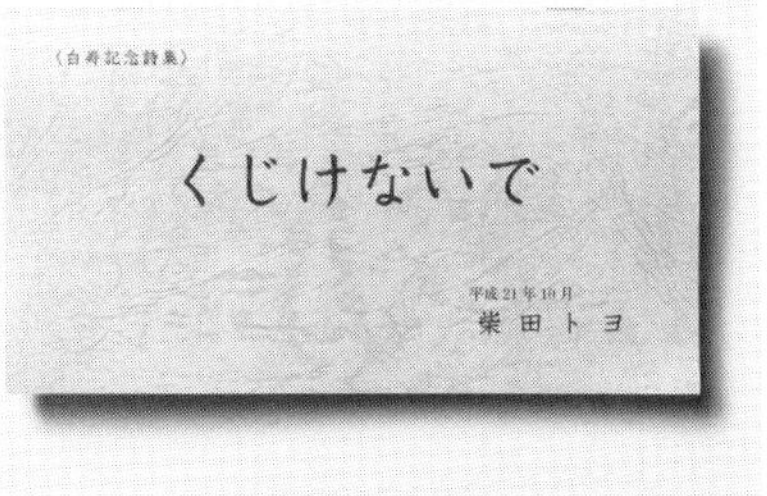

自費出版の「くじけないで」。最初はこんなささやかな冊子でした。白寿の記念として作りました。

美空ひばりが大好きでした。船村徹先生が作曲した「別れの一本杉」の作詞家、高野公男さんの歌詞や美空ひばりの「哀愁出船」や「哀愁波止場」「悲しい酒」などのいろいろな曲の言葉の綾《あや》に感心し、歌詞をノートに書き写したりしていました。歌謡曲の詞をかみしめながら聴いているうちに、幸せな気分になったり、切ない気持になったり、そして、「明日からもまた頑張ろう」と思うことができました。

私の詩は、「しまいのところ」でひとくくりつけちゃうんです。難しい言葉は一切使わないで、やさしい言葉で書くようにしています。いらない文句は全部省いて、必要な言葉だけで、「用が済む言葉」だけで作っていくんです。これがなかなか難しいです。でも、難しいから楽しくもあるんですね。

韓国、台湾、オランダでも私の詩集が出ているとのこと。ありがたくて涙が出ます。

「ありがとう」と心から伝えたい

詩集を出したことで、今まで会えなかったような人に会えたこともうれしかった。そして、まさか二冊目の詩集が出るなんて、夢にも思わなかった。この一年余りで書きましたが、どうしても数が少なくてごめんなさい。でも、あふれるような気持を詩にして、そして、人生の最後に大きな花を咲かせることができました。人生の最後に、こうして花を咲かせてもらうことができて、うれしいです。

私は、今が一番幸せだと思っています。人にやさしくする。そして、やさしくしてもらったら忘れない。これが百年の人生で学んだことです。

読者の方からのお手紙を読んだり、自分が登場した雑誌を読んだり、少し忙しくなったこの頃です。

目を閉じると、出会えた方々、そして、たくさんの思い出が、次々と私に語りかけてきます。誰もがみんな私にやさしくしてくれました。
何を言葉にしていいかわからないけれど、この家に、家族に、先生に、友だちに、「ありがとう」と心から伝えたいです。

（構成・押田雅治）

相田一人さん
（右・相田みつを美術館館長）、
産経新聞文化部の
押田雅治さんと一緒に。
お二人とも、私の大切な恩人です。

倖に

あなたと詩を書いて
ほんとうによかった思います
おこられてもどなられても
だれよりもあなたが好きです
これからも三人で
手をつないで中よく生きて
行きたいと思います

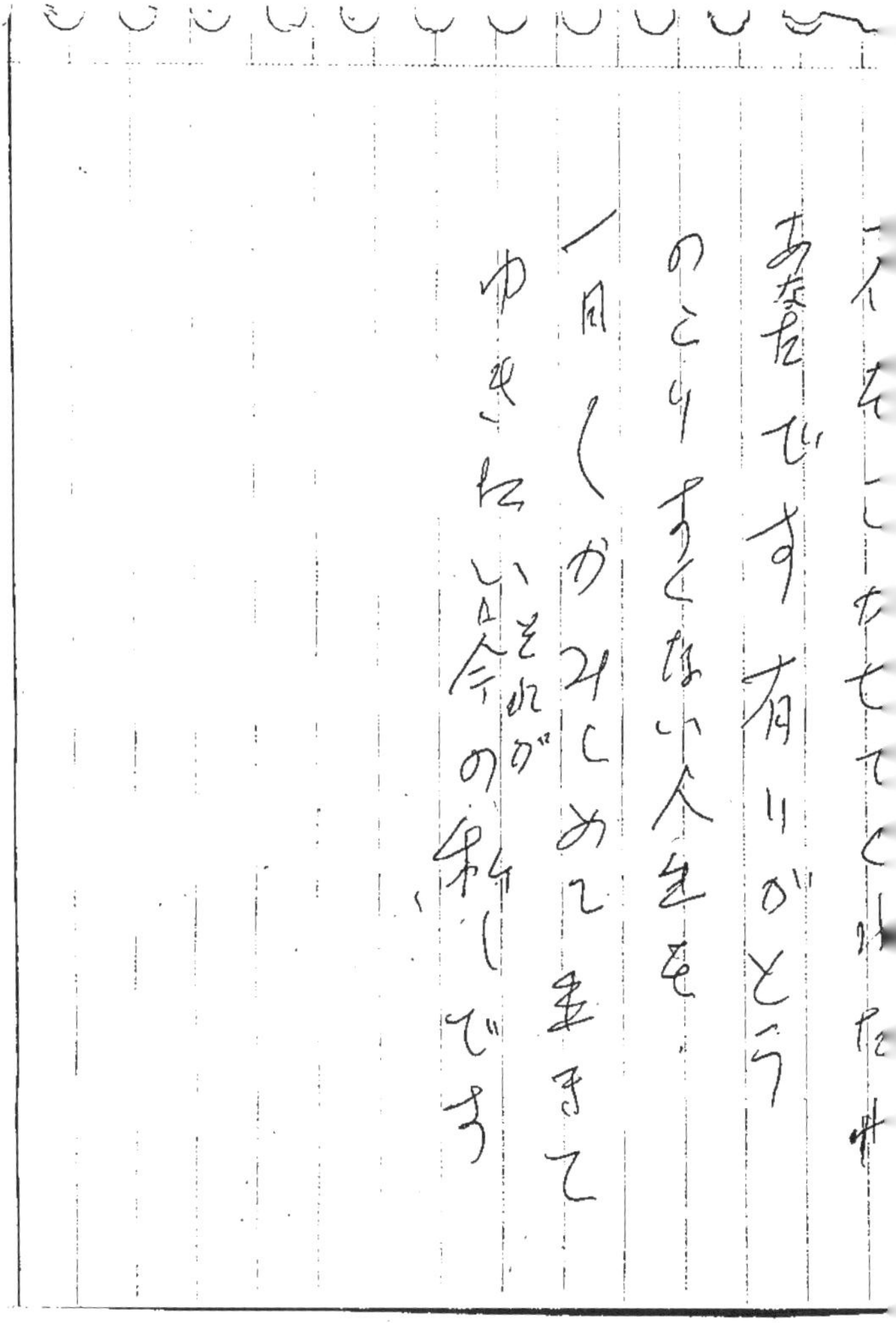
イをしたせてくれた
あなたです有りがとう
のこりすくない人生を
一日しかみしめて生きて
ゆきたい　それが今の私しです

息子の健一にあてて
二〇一〇年暮れに書いた手紙です。

心のうた

詩を書き始める前から日々の暮らしのなかで詠《よ》んでいた心のうた。二十編を紹介します。

夜学より戻り来し吾子《あこ》ほがらかに
鼻歌うたいぬ私もハミング

十二時を知らせし時計ながめつつ
いまだ帰らぬ吾子を思えり

きれぎれに雲流れ行く夏の空
去りし友あり来る友あり

九十になりても恋し父と母
夢の中にて手を引かれいる

九十になりても気持は若き日の
ごとし白い雲に乗りたし

父母が守りてくれし目の病い
治りてあおぐ白き浮雲

カレンダーに医師の来る日の赤印
気持安らぎ会話たのしく

先生に診《み》てもらいたるその後は
青空のごとく心安らぐ

さまざまな事がありたる九十年
しっかり私生きてきました

九十の私にも忘れえぬ人の居り
ときには夢の中で逢いたり

新年の朝日あびつつまどろめば
楽しきことのみ浮かびくるなり

我が余生幾《いく》とせなるのか知らねども
年あらたまりシクラメン紅《あか》し

友よりの電話うれしくお互いに
からだのことを気遣い終わる

友よりの電話なき日のつづきいて
日の暮れ近しカーテンを引く

淋しくはないと呟き仰ぐ空
今日も幾多の相寄れる雲

淋しいと思えば淋しくなってしまう
だから元気なふりをしている

九十八夢のごとくに過ぎてきて
新年静かに迎える我は

叶うなら夢で逢いたし彼《か》の人に
ひめたる思い告げてみたりき

今にして母を思えばあの時は
きっと淋しく辛かったろう
眠るように死んでゆきたし雨の夜は
くり返し思う一人ベッドに

敬愛する詩人の新川和江先生と。
2010年夏に初めてお会いできました。

帽子をその日の気分に合わせて、
ちょっと動かしたり、つまんだりします。

宇都宮市長の佐藤栄一さん（中央）と息子の健一と。
100歳のお祝いに来てくださいました。

感謝状をいただいた際に、
茨城県古河警察署の皆さんと記念撮影。

笑っているときが一番幸せ。
笑いは私の活力です。

家の中は手押し車を使って
移動します。なるべく運動をして、
元気でいたいと思います。

女にとってお化粧はいくつになっても大切。
だから私は毎日、必ず紅をさすようにします。

あとがき

　処女詩集「くじけないで」が発行されて一年半、幾つもの幸せが私に訪れました。二つの夢が叶ったのです。

　一つは詩集の翻訳が実現して、韓国、台湾、オランダで出版されたこと。もう一つは大好きな同郷の作曲家、船村徹先生が詩集を読んでくださったことです。船村先生にはいろいろとお気づかいをいただき、「思い出」という詩には曲までつけていただきました。

尊敬する新川和江先生にお会いし、お話しさせていただいたことも忘れられません。日野原重明先生、やなせたかし先生にも、身に余るお言葉をいただき、感激しております。

読者の方々からは、励ましのお便りをたくさん頂戴しました。

そして、東日本大震災の被災地の方々からも、私の詩を読んでくださったとお便りをいただき、感激しております。ありがとうございます。

どうか皆様に一日も早く笑顔が戻られますよう、毎日手を合わせて、心よりお祈りしております。

また、日常、お世話になっている病院の先生、看護師さん、ヘルパーさん、ありがとうございます。

元気に百歳を迎えられ、こうして二冊目の詩集が
発行されたことは、すべて皆様のおかげです。
ありがとうございました。

平成二十三年　初秋

柴田トヨ

初出

・やさしさ……………………「詩とファンタジー」２０１０年春夢号
・流行……………………「詩とファンタジー」２０１０年春夢号
・お友だち……………………「詩とファンタジー」２０１０年春夢号
・地団駄……………………「詩とファンタジー」２０１０年春夢号
・空に……………………「詩とファンタジー」２０１０年春夢号
・思い出～別れ……………………産経新聞「朝の詩《うた》」２０１０年４月14日付
・頁……………………産経新聞「朝の詩」２０１０年５月12日付
・倅に　Ⅲ……………………産経新聞「朝の詩」２０１０年６月６日付
・朝顔……………………産経新聞「朝の詩」２０１０年７月10日付
・競馬……………………産経新聞「朝の詩」２０１０年９月14日付
・私を探して……………………朝日新聞　栃木版　２０１０年９月20日付
・思い出　Ⅲ……………………「ESSE」２０１０年11月号
・倅に　Ⅳ……………………「ESSE」２０１０年11月号
・耳が遠くなって……………………産経新聞「朝の詩」２０１０年11月９日付
・がまぐち……………………「いきいき」２０１１年１月号

・百歳……「いきいき　日野原重明先生100歳への
ハッピーニューイヤーコンサート」（2010年12月28日）にて紹介
・背負う……産経新聞「朝の詩」　2011年3月22日付
・自分に　Ⅱ……「サライ」2011年5月号
・道（あなたに―）……産経新聞「朝の詩」2011年4月23日付
・教わる……書き下ろし　2011年5月
・夕暮れ……書き下ろし　2011年5月
・振り込め詐欺犯さんに……埼玉県警察「振り込め詐欺防止ポスター」に寄せて
2010年10月
・私だったら～振り込め詐欺に
遭わないための詩……埼玉県警察「振り込め詐欺防止ポスター」に寄せて
2010年10月
・貴方に～振り込め詐欺事件、
被害者の方に……埼玉県警察「振り込め詐欺防止ポスター」に寄せて
2010年10月
・被災者の皆様に……産経新聞　2011年3月17日付
・被災地のあなたに……読売新聞　2011年3月30日付

柴田トヨ（しばた・とよ）

1911（明治44）年6月26日、栃木市に生まれる。裕福な米穀商の一人娘だったが、10代の頃に家が傾き、料理屋などへ奉公に出る。33歳のときに結婚し、翌年、健一を授かる。90歳を過ぎてから詩作を始め、新聞に投稿を続ける。2010年3月に初詩集『くじけないで』を上梓し、150万部を超えるベストセラーになる。同書は、韓国、台湾、オランダで翻訳出版され、イタリア、スペインでも刊行予定。埼玉県警察、茨城県警察の高齢者向けのポスターに詩を寄稿し、さらに東日本大震災の被災地に向けて作品を発表。また、相田みつを美術館や長崎新聞社主催のイベントで「柴田トヨ展」が行われ、全国から反響を呼んでいる。

装丁・挿画　木村美穂（きむら工房）
撮影　引田匡史／編集部
校正　有賀喜久子
編集協力　産経新聞社

百歳

2011年9月19日　初版第1刷発行

著　者　柴田トヨ
発行者　土井尚道
発行所　株式会社　飛鳥新社
〒101-0051
東京都千代田区神田神保町3-10
神田第3アメレックスビル
電話　営業　03-3263-7770
　　　編集　03-3263-7773
http://www.asukashinsha.co.jp/

印刷・製本　株式会社　光邦

定価はカバーに表示してあります。
万一、落丁、乱丁の場合はお取替えいたします。

ISBN 978-4-86410-104-2

飛鳥新社の本

くじけないで

柴田トヨ著

「人生いつだってこれから。
朝はかならずやってくる」
日本全国津々浦々から感動と共感の声が続々。
150万部突破の白寿の処女詩集！

定価　1000円（税込）